U0102260

長沙府嶽麓志卷之八　郡丞山陰趙　寧纂修

紫陽遺跡序　明　楊茂元

仁也者天地之心也天生聖賢以作君師以行政教未足以見其仁必於禍亂將極之時而生大聖大賢以扶世立教始足以見其仁天豈不欲世常治哉然而氣化人事有盛衰得失則世不能無治亂亂將亟而不生大聖大賢以拯之人道或幾乎息矣豈天之心哉故先正有言周東遷而孔子生天所以防暴秦之禍宋南渡而朱子生天所以防金元之禍其亦善言天者與朱子之於孔子道固未可班然其扶世立教之功與之相先後非諸儒所可及也其載諸典籍者固已家傳人誦之矣至其身所經歷之處一言一動皆足以爲世法私淑者顧不能表而出之以章於世其得謂之敬天乎長沙實朱子遊宦之地然其遺跡則諸故老亦鮮有知其詳者若嶽麓書院亦其遺跡之一也吾友陳堅蓮既重建之矣其後有隙地茂元構一關以庋諸書榜曰尊經暨訖工乃考文公年譜遺事之

有係於長沙者命爲八題曰麓山講學衡嶽同遊安撫湖南諭降洞猺更建書院節制撫軍考正儀禮錄旌忠節每題書年譜於首命工分繪爲圖而各爲之贊合而名曰紫陽遺跡既成以授郡庠生陳釗陳大用揭於閣之四壁與夫登而覽之者興起尊賢尚德之心而思讀其書以學其道是或風化之一助也夫天以仁爲心人得其心以爲性故孔門之教以求仁爲先仁統乎禮義智信而其用之最大者五品之倫是也是皆吾所固有之大已

用之而不可離者所謂道也世之士童而習孔朱之書學其道而得之者幾何人哉學道無他亦曰窮理以致其知反躬以踐其實而又以敬爲之主其次第節目之詳俱有成書吾徒所當盡心竭力以學之爲朱爲孔皆在我而已誠如是斯爲善事其天而至者則全其天矣若夫爲吾民者亦烏可不學哉孔子曰君子學道則愛人小人學道則易使也於戲爲政而能使小人學道豈有不治者哉此則繪圖之意也序其端以自勵且爲吾潭士民勸

性理三通序

汪鎰 長沙太守

通書通西銘通感興詩通者吾婺源先儒雲峰胡先生所著也刻本久毀予昔與其嗣孫廷亨同業謂三通當與易四書通並傳易通今南京少宰兄梓行矣廷亨以三通畀予刻之序曰儒者之明經以明道也道明而行功用裕矣然時可而道之用未顯時不可而道塞焉惟明經以傳諸人而已矣近淑於鄉遠及天下與來世獨非儒者之功用哉吾鄉自韋齋朱先生倡明道學晦翁紹而大之爲

儒宗宋雖南渡時猶可爲而不究厥用於是註述羣經以明道於天下鄉士傳其學者核焉勝國時士恬於仕咸肆力晦翁之學而雲峰爲之宗同時如胡雙湖程黟南程復心陳定宇汪古逸王雙溪胡梅嵓劚經翼道之功爲多士遊從千餘人而汪環谷趙東山朱風林江古修其尤也吳草廬謂爲東南鄒魯然矣國初自環谷風林致用士之仕道者日顯迄今學者講經爲文必要諸理自成矩度仕亦恐於離道未爲無自也士因是而懋昌之經

學必明而功用皆實謂非吾鄉無竆之道澤哉予景先哲而經未明仕亦戾道因刻三通敘鄉學之源流如此用以自勗且爲同志告焉若夫通書西銘二通由嬾翁以通濂關之極趣感與詩通因嬾翁獨得而發明之讀者所自會也茲因略之

刻神禹碑序

明　湛若水

余來爲南禮部尚書之明年傳聞衡山有神禹碑發於地中即欲往觀而未能又明年爲嘉靖乙未之秋楚士有摹神禹碑來遺者快覩而諦觀之字畫奇古與後來篆籀手筆逈别而碑石復剥落難習於古者僅能辨其一二字既不可識其中所云獨於碑末有小楷書右帝禹刻四字意者必後來漢唐人因見此碑别有所考據而題之及考韓昌黎峋嶁山詩云云而劉禹錫寄呂衡州詩亦曰嘗

然者夫宇宙內神物固當天寶而地藏之歲久則必復見而余幸當其數千載復見之會又獲觀之則是二公之不得見而悲詫涕洟者顧不幸歟

石壁禹碑亭

明 熊宇 郡人

夏禹治水成績載於書可覩見矣衡嶽岣嶁山舊有神禹碑唐昌黎韓子形於詩宋嘉定壬申賢良何子一訪獲覩焉摹刻嶽麓書院後巨石蘊韠零露幾四百年大明嘉靖癸巳乃晉出焉實我

皇秀鍾嶽靈龍起郢甸建極錫福心同神禹斯文所由顯哉郡守疊峰潘子實爲明愼摹寄宮諭龍湖張子評石鼓未敢專奇良史大識確然明允郡志適成體篆梓行在朝在野始獲共覩虞夏之書

矣仲冬宇自松江歸耕麓野間攬六藝得宋張光叔遊宦紀聞開載子一摹刻年代敘署傳示同好奇欲附鐫乃紀焉正有待也迨我郡守彭山季子師廣九京師從一正載贍侍御思齋朱子心一道同宇獲聞至教焉二先生徽文經世殆相得敘疇昔之心誠乎夫文必阜安民物敦植綱常經緯天地斯爲至矣大禹治水無事三過不入誠以救民爲心而豈徒文哉孔子急稱大禹吾無間然謂公正統直與天地同流固不肯鑿私智務驩虞又安

蹟而思誠於中乎其尚有光于天德庶爲斯文之至哉子一名致光叔名世南碑刻序畧刻書左方篆約碑額如冊書刻寘近道林經正閣廣至教開來學云己亥冬日長沙熊守元性

四絕堂分題詩序　釋洪覺範

宣和三年秋七月青社張廓然罷長沙之教官十五日渡湘將北歸館於道林寺攜家徧遊湘山勝處如人經故鄉戀戀不忍去門弟子相守不捨又如癡兒之嗜蜜日追隨於晴嵐夕暉之間笑語於千崖萬壑之上二十二日會於四絕堂者十人而余適至廓然顧嗟嘆息曰愛山吾天性所以遲留未發者眷此邦之多奇士也不然吾何適而不可乎余曰東坡嘗曰故山去千里佳處輒遲留此語殆爲公今日之遊說也於是分其字以爲韻賦詩紀其事未及點筆會余有急客至馳歸廓然與諸公登清富堂汲峯頂之泉試壑源茶下鹿苑寺散坐於青林之下久之並岸而北遂經槲林塢至南臺莫夜矣呼燈小酌劇談賦詩詩成而情不盡飲少而歡有餘是夕風高月黑萬樹秋聲廓然長揖飄然而歸道林余使人秉炬追送之明日諸公皆以詩來廓然曰湘西蓋冠世絕境而吾客皆韻人勝士茲遊也無愧山陰冶城子宜序以冠羣詩之首余曰唯唯

嶽麓書院課文序

大中丞　丁思孔　泰巖

國家設科目以網羅人材士挾所業以蘄用於世有司操衡鑑而分別去取之三者之所重豈僅曰文乎哉夫言爲心聲文固所以載道也儒者貫穿經傳博綜羣書以窮理盡性確然有得於中則發爲文章闡揚聖緒必有崇論竑議與昌明醇厚之辭而律己行事無奇衺險僻之病有司者得若人而獻之上上用以臨民涖政克稱任使士亦以修于家者顯於天下是通上下而咸泰交必介文爲遇合蓋文之與道相因而出相須爲用如此故曰文在是道在是也然漢儒耑門一經至百餘萬言皆刻於學宮領於太常雖未必人人當經旨而能各抒其所自得故其爲文也雜而易於辯其爲經也通而適於用自唐貞觀正義行而前代諸家之說不復兼存迨至有宋大儒臚傳參互考訂其紹明絕學輔翼遺經若滙百川而歸大海迄今數百年墨守成說人無異同保無有鞶帨其文弁髦其用者歟有司之衡鑒於是乎難言之矣惟篤志之

士不爲波流風靡取售一時獨於制舉藝文之中窮源探本以求合乎聖賢之道則他時析圭儋爵其所樹立亦非侏儒俗學敝敝焉苟且以就功名者所可望見也是以學校之設郡國而復創建書院良以庠序所刻博士所領一稟於令甲非可自主因別營學舍貯經籍資其饘粥膏火四方慕道者既無畛域名數之限咸得彯纓鼓篋於斯其講論誦習不專事應制而並究夫性命道德之精微固有心世道者之所爲㦲予方拊摩凋瘵汲汲不

遑亦遂興舉之而不敢廢也況嶽麓以四大書院之名著聞今昔南軒晦菴所存神過化之地而濂溪先生實生於道州繼孔孟之微言啟洛閩之正脈舍先生其誰與歸諸生幸生此土流風餘韻取法不遠今脫兵火而安衽席操觚緗簡彬彬可觀就一日之短長拔其尤者授之剞劂此任師帥者嘉會士子而獎厲也若夫賓興鉅典如周禮所稱選於司徒論辨於司馬則涵養敷陳將必有進乎此者矣余謂諸生而安於卑近則已誠欲蜚英騰

茂魏然表見於是則毋樹頤頬而略躬行毋驚虛聲而廢實學毋狃習俗而忽前修寧推魯少文毋譸張而譁衆寧介特寡合毋希世而趨時俯仰堂廡階陛之間想象先賢而思有以企及之出則矢志奉公襄

聖天子休明之治處則潔身浴德爲鄉邦人士所矜式焉庶幾哉有司可告於無罪而於

國家養士之意與士之所以自待者均矣至若文之純疵學之克裔固無俟余爲論列也

嶽麓會課序　趙甯管亭

甲子初春　丁大中丞公來撫楚南於拊摩凋瘵之餘留心學校以振興鼓舞之是秋湖南獲儁者竟得一十七人嗣後復集所部子弟員援其尤納之書院使卒其業命甯司董戒之役甯不揣謭陋從公鞭弭得與諸縫掖相周旋者兩季於茲月輒一試糊名而進公目覽手衡隨置甲乙與牒書平署俱下不言疲務使有思必見有才必收凡先後所試文裒而萃之者賈林巳得收高値矣由是遠

方學者聞風嚮往雖遠如江南閩浙亦不憚重繭而至其鼓篋操觚極一時人文之盛今年復當大比　大中丞公與藩臬列憲益加意淬礪之要令文中神理如赤手捕長蛇生動掌握而後已間覆發諸試牘則旅士於庭尺幅之瑕瑜無不了了開示其大指在講義經旨中獨標清韻諸僻裂險澁語盡擿去之一如從前殿冣無私循者士乃知潛心變易豁然於所得公因復收其文蔚然成一爾雅之編以爲賓興嵩矢所謂山司其鳴而谷從其應

洞君子小人之喻一時感奮興起殆不知幾千人士是二先生唱道作人視道州夫子悠然瀟湘並遠巍乎衡嶽並峙露等顧瞻廟貌有懷仰止以一時對越之心一無納交要譽之私以廸諸譽髦同志果盡餘仁義不雜功利直追堯舜孔孟之軌是惟二先生陰牖於無涯百世謹告

說

潭州示學者說

宋眞德秀

眞景元說曰予旣新其郡之學又爲之續廩士之費俾綜論於斯者微一日之輟焉教授陳君瑞甫過余請曰公之於士也安其居足其食顧亾一言以淑之可乎予謝曰此師儒之事也予何言雖然嘗聞之孔子矣豈不曰古之學者爲已乎自漢以經術求士士爲青紫而明經唐以辭藝取士士爲科目而業文其去聖人之意遠矣今之學者其果爲已而學歟其亦猶夫漢唐之上有所利而學也如果爲已而學則理不可以不窮性不可以不盡不至乎聖賢之域弗止也若有所利而學則苟能操觚吮墨媒爵秩而貿軒裳斯足矣驪貫其心弗顧也異顙其行弗恥也此學者邪正之岐途也請以淑吾士可乎瑞甫曰敬聞命矣抑後世之言學者其有得於孔氏之指歟曰後世學者其謬於聖人多矣獨嘗於唐之陽子近世之石子尹子有取焉陽子曰學者學爲忠孝也石子曰學者學爲仁

子矣敢問所以學爲人者奈何曰耳目膚體人之形也仁義禮智信人之性也君臣父子昆弟夫婦朋友人之職也必循其性而不悖必盡其職而不愧然後其形可踐也孟子曰人之異於禽獸者幾希庶民去之君子存之則又曰無惻隱之心非人也無羞惡之心非人也無辭讓之心非人也無是非之心非人也夫天之生夫斯人也與物亦甚異矣而孟子以爲幾希何哉葢所貴乎人者以其有是心者也是心不存則人之形雖具而人理已亡

矣人之理亡則其與物何別哉故均是人也盡其道之極者聖人所以參天地也違其理之常者凡民之所以爲禽獸也聖愚之分其端甚微而其究甚遠豈不大可懼耶予故曰尹子之言警世之深爲人之切又進乎二子也吾黨之士苟無意於聖賢之學則已儻有志焉則反躬內省於人道之當然者有一毫之未至將皇皇然如渴之欲飲餓之欲食也凜凜焉如負鍼芒而蹈棘茨也吾子幸以爲然則願以告夫同志者俾知太守之期乎士不

在於徼人爵取世資而在乎敬身而成德也瑞甫瞿然曰公之淑吾士者厚矣璐請揭其言於學以爲士之則

銘

明白菴銘并序　　宋釋洪覺範

予世緣淺重夙昔羈縻好論古今治亂是非成敗交遊多議訶之獨陳瑩中日於道不妨譬如山川之有飛雲草木之有華滋所謂秀媚精進余心知其戲然爲之不已大觀元年春結菴於臨湘名曰明白欲痛自治也瑩中聞之以偈見寄曰菴中不著毗邪坐亦許靈山問法人便謂世間憎愛盡攢眉出社有許嗔於是堤岸輒決滚滚多言然竟坐此得罪出九死而僅生恨識不知微道不勝習乃收名魂魄料理初心爲之銘曰　雷霆發聲萬國春曉聞者不言心得意了木落肅清水歸沙在忽然震驚聞者駭惟合妙日用如春雷霆背覺合塵如冬震驚萬機俱罷隨緣放曠尚無了知安有倒想永惟此恩研味其旨一菴收身以時臥起語默不昧絲毫弗差蒙難而著隨孚於赤

疏引

康熙戊申修復嶽麓書院疏引

偏撫周召南

天下名山五衡嶽其一也天下書院四嶽麓其一也衡嶽位離爲文昌之府而嶽麓終之七十二峰至此結聚矣禹碑神物嶙峋最上萬代瞻仰書院峙於其前山水秀傑之氣以人文收拾之結聚之極自當煥發宇宙間天然位置不可易也當日朱張兩夫子値軍旅倥傯之時訪道問業闡明濂溪夫子太極之旨繼而文公安撫湖南大開壇坫學徒至數千人一以續孔孟教學心傳一以代朝廷養育十數作者之功豈在神禹下哉粤稽書院始末朱公洞創闢之李公允則周公式劉公珙先後增修之而後朱張講學其中名聞天下歷數百餘年陳公鋼楊公茂元再廣闢之到今又二百年矣時代既久兵燹屢經然先正碑銘昭垂金石其朱張教士條例及歷代增置學田載在版籍可攷也祠宇最著

者則有道鄉臺祠朱張崇道祠六君子祠春秋遣官致祭典至隆且重也顧前何以興後何以廢中間何以興而屢廢而重興乃知氣運視乎人功賢才關乎樂育芳規在望曷勝高山景行之思也今

國家丕新興崇文治先賢祀典宜復學舍基界宜清南忝撫茲土惓惓以興賢育才爲念已特建義學俾各處士子就近肄業旣蒸蒸式化矣茲繙閱長郡志稿願悉書院興廢之由惟恐往蹟將湮思求規復使遠近有志之士于其中修德講學爲但費繁而時絀可積簣以成山用是佈告邦人卜吉舉事各爭先而慕義或効力而輸貲若大司地方養教之責者尤當加意體行告成不日余一人未敢專美也此一舉也衡嶽山川與　先聖先賢及後代從祀諸君子皆式靈焉凡我同心其敬聽之無斁

朱張書劄

與王樞使謙仲劄子　宋　朱　熹

熹麋鹿之性久放山林老人修門尤以爲苦雖荷閔勞之意職務幽閒而其實則有甚難副者日夕悚思未知所以逃責伏惟高明有以教之則千里之幸也長沙版築不容中輟軍屯未得專制皆不得不言者比已僭冒陳乞皆得旨施行想今已有所處矣湘西精舍漕臺想已稟聞得一言俾遂其役千萬之望昨欲廟祀一二忠賢以勵凡百已委官相視矣不知亦可並垂念否二事皆關名教詞所樂聞故敢輒以爲請並幾於察

與曾節夫撫幹書　宋　張　栻

左右天質之美閒處正宜進步工夫不可悠悠且須察自家偏處自聲氣容色上細細檢察向在長沙見或者多疑左右以爲簡略此雖是愛憎不同要之致得人如此看亦是自家未盡涵養變化異日願有觀焉某日接事物恐懼之不暇甚思城南從容之味也

答朱元晦書

宋　張栻

某幸如昨但自家弟赴官極覺離索之思耳日夕不敢廢學第覺向來語言多且只欲自作工夫讀所寄來伊川學生簡語尤用悚然不知尊兄意如何每玩來書未嘗無警益愈恨相去遠未得聚首耳中庸義邇來細看誠者天之道以下尤覺所解有工前面於鄙意尚多疑處今復旋具呈子重編集解必經商量刻成願早得之此書極有益也傳心閣錄序語誠贅刪之甚佳尤溪學記此本勝前

前本大抵意不甚遠耳某近爲郴州作復舊學記其間論小學大學意亦相類錄呈今猶未刻有可見教尚冀速示也嶽麓書院邇來館舍漸成次第向來郡懷莫作事不着實大抵背向傾壞孝得其丈再來今下手整葺也書院相對案山頗有形勝屢爲有力者睥睨作陰宅昨披林往來四方環繞大江橫前景趣在道鄉碧虛之間方建亭其上以風雩名之安得杖屨來共登臨也他幾以道義自重

答朱元晦秘書

張栻

某飲食起居皆幸已復舊向來且欲完養此數日方出報客城南亦五十餘日不到昨一往爲緣陰已蒲湖水平漫亦復不惡方於竹間結小茆齋爲夏日計兩潦稍定卽杖策其間也嘗令畫圖俗工竟未能可人意俟勝日往自平章之方得寄往爾伯恭近前人來講論詳悉如此朋友眞不易得但論兄出處引周之可受之義卻似未然又向聚處頗衆今歲已謝遣然渠猶謂前日欲因而引之以善道某謂來者旣爲舉業之故先懷利心恐難納

之於義大抵渠凡事似於果斷有所未足耳誠之資質確實有志於是心實愛之但正宜爲學不然恐未免爲才使今歸必首去求見某以乍出人事頗多姑遣此紙早晚樞帥又自有人行也孟子解渠卻錄未必畢樞帥處卻將寫了當仍封呈余幾爲道自重

又答元晦書　張栻

畫僧只是一到城南經營卽劉樞閑在湘春作圖帳到今未出兩紙只是想像摹寫得其大都其間

有欠缺及未似處今且迻往他時別作得垂寄也
書樓山齋方治材未立南阜未有屋須他年屋成
即謂之蒼肰觀耳書樓欲藏數百卷書及刻諸先
生像此二字亦求兄寫當不惜也

請學書啟

請葉司訓主嶽麓書院教啟　明　王瑨 太守

伏以湖湘巨鎮素有洙泗之美稱嶽麓名山嘗致朱張之文會自此士風彬蔚他郡莫之能先逮夫聖化沾濡人才於斯爲盛慨晦翁之遺蹟久矣蕪蕪幸後人之肯堂煥焉輿復右明誠左敬義允宜講習之恒居前崇道後尊經信是藏修之勝地欲選俊髦而造就必資儒碩以師模恭惟閣下德性溫醇問學精博行遵聖訓少遊泮水以采芹文有

古風蚤步蟾宮而折桂承恩北闕分敎南湘顧茲書院之師欲屬皋比之擁敬馳束帛將悃顒望高賢之賁臨居之安資之深相與講明堯舜之道學不厭敎不倦庶幾郅希　宜聖之風振文敎於湖南流聲光於天下再三申請十六爲期謹啟

復林與峰先生請講學　明　蕭禹臣 郡人

竊聞君子之於天下固貴於能自樹立然上智不多中才亦罕其所以振作激勵之方不能不有待於司世道之責者焉恭惟我公鍾秀八閩氣橫四

海蜚聲禁苑著續名邦卓哉閒世之奇英允矣斯
民之先覺天不棄潭乃荷借櫛涖任求幾十年負
聲徧達千里士林增色遠邇承休且於卧治之餘
復軫斯文之念惇末學之支離惻辭章之陷溺大
留心學仰躋聖賢惠莫大焉會非偶爾禹臣不才
幸生茲土實慶躬逢乃緣喪父居憂未便請謁領
教之私徒切瞻仰邇幸開講嶽麓猛欲借杏壇之
半席以醉洙泗之春風又以老母於四月五日奄
逝盈門酷禍哀毀幾絕無復人間念矣時聞勞涉
戒行以初喪纍服未遂願見惟增惆悵昨偶得楊

醫官須送佳製不肖含哀拭淚匍匐展誦不覺撫
牀歎曰不肖不幸一至於此也聯失怙恃荼苦摧
裂其不即死以殉二親者徒以先志未終及願學
未成故耳幸際大賢過化適以多艱未遂請益人
生不幸寧有甚於不肖者乎不肖資雖愚陋志頗
不羣蚤歲從父宦於浙東得遊陽明夫子之門嘗
聞所謂致良知之學矣尋繹幾十餘年雖不敢自
謂有得牀於天理人欲之幾是非得失之辨覺亦

稍有發明特特以同門諸公身體力行者固多而循名忘實者不少遂使我陽明先生之學或見嗤於天下謂非吾同志之罪不可也以故不敢竊以道學自名而其志則未嘗敢自委者往歲彭山寓府不肖嘗以嶽麓之講請之矣然實阻於承天之役而振勵之權若將有待於我公也朱張再見山嶽重輝是豈直潭楚士民之幸哉實天下斯文之幸也乃復開心敷陳錫以珠玉招致諸賢給之餼廩共成此志乾坤事業聖賢規模蓋已素養于平時

而將發之於今日繼往開來成已成物甚盛心也特以不肖方切師資而遽爾言別雖當顛沛哀迫之中而自不能已其秉彝好德之念敢因來教切有所請以指迷途以示向往以私淑其身庶乎所謂並情前哲補報明時爲光嶽麓者有所藉以自勵而不負屬望汲引吾輩之惓惓也荒迷不次俯候教言臨書不知所云 以上舊志

寄答吳去慵論志事書 新附

明 高世泰 學使

屢承芳訊兒報謝甚難然而有命不敢辱貴邑志
嶽麓志並拙詩懷麓一章久裝成會奉寄其所寄
之人與所寄之月日則老憊而忘矣僧人靈石未
蒙枉存今於六月晦日得台兄二月十六日賜書
備悉道況其可歎之事委諸天可營之事盡其力
澹然無欲之慮明還留於我之性情其可乎賤齒
加於尊有五自簡生平所歷之位惟患難是真餘
無可據然而素所行者不繫乎此入而得者亦不
存乎此乃所願要無矣況其外乎茲再商嶽麓志

一本此為僅存不可復得之本倘有續成之刻幸
賜多冊見貺望甚望甚邑志則前已寄無存本矣
大凡修邑志於交代之後隱微寓狀能一一鉤索
而致之乎闡幽顯微關係至大正氣不受埋滅與
必伸之冤憤等情為諱為遺鬼神伺察不可不慎
也至於院志中道統圖疇菴之後當以何人為嫡
嗣乎橫渠之學無傳乎南軒之後何人乎閱歲五
百何無定評乎就湖南講學而論當廣其意於嶽
系乎兄如增修此志當留意及此若徒以詩文點

綴則末耳

辭嶽麓山長之聘與權明府書

劉汝驥

古今文章道德之事士君子未有不竭蹶以赴者也然使赴之無力而趨之非其時將責蹇以代騏驥擊枯而求韶濩豈得不輟音而卻步哉前蒙老父臺高駕造廬示以上臺碩德耆儒之檄將使主盟嶽麓爲諸生長而意屬不肖驚悚弗遑至廢寢食雖事在舉措之間幸老父臺灼然知其不可矣

頃承憲檄坐名枉垂聘幣則披瀝之私不敢不盡某今年七十餘自癸未棄公車業浮沉小草喪亂餘生忽忽三十年不省制義爲何物矣當事雅意作人專爲鼓斯後儁與之較藝程文使多取青紫非用近科壯歲方攻舉業之士不可何也此道三年一變花様不同陳人不如時人之工後輩嘗嗤前輩之拙某之衰陋豈不甚形穢哉如其垂訪遺民義存几杖則養老於庠非勤職事繕者爲祠豈論文章尚不可謂老馬知途强而與飛黃競走也

且某昔在中年即逢禍難驚悸困辱之後失血健忘今癯脒病矣聰明俱損一旦厚顏蹣跚使遊於英俊之間非笑則譁尚可謂執牛耳以相劘切乎伏冀察其衰邁代述懇誠俾不致玷茲清舉獲罪抗辭則上不累藻鏡之明下不冒負乘之誚矣臨書悚切

嶽麓書院會課啟　趙寍

星分器府法烏帑以司天國號長沙昇熊湘而祚土峯圍七十二峽丹陵垂蝌斗以披雲水歸三十六灣青草滙龍堆而浴日屈宋回翔之地至今猶擅風流朱張過化之鄉自昔多絃誦丹楓斑竹招入詞源碧桂香蘅例尊騷些五百年定逢名世十二屬豈乏殊才所謂伊人或可乞靈於川瀆彼其之子何妨借助於江山緬惟嶽麓之區厥有書堂之跡烟汀霞嶼僅隔嚴城桂檝蒲帆還通弱水

自杜少陵留題而後盡流連於山花山鳥之間逮劉彭城董建以來遂惝怳於希聖希賢之域道鄉臺畔人傳六藝作笙簧古渡橋邊世奉五經爲笥篋忠孝廉節大儒賸有遺書唐宋元明晟世尚餘賜額慨自楚氛甚惡刼灰飛度於昆明以致魯壁無存廟貌頹唐於草莽豨奔講幄拋殘四部珠英馬逸黌階散盡五車玉屑使非弩擢白距何由劍繞黃腰所賴偃武修文

聖天子垂衣於北極更喜揚風扢雅　大中丞建節

標歐蘇於在日如或元音絕俗升獻而爲嶰谷之吹果其逸氣橫空入陣而奏蘭陵之曲譬諸鈞懸貫蝨爭彎飛衛之弓以比棘刺沐猴巧奪共垂之斧千金不易竚擬獻之　國門一字堪師郎此名爲月旦各擕鳳味無惜麋丸密執掌簿書强顏鞶墨顚紽厡干之自署罔辯姓名傚曹景宗之作詩難諳競病偶預蓬車之列恭承弄耳之榮覽風采於文場適逢其會修月泉之吟社無踰此時古錦縫囊願貯否破天驚之句𧄍薇滴露請拈龍鶱鳳

翥之章敢曰一顧空華竊比金臺之築亦云萬言可試爰尋石室之藏卜吉以圖先期是告

嶽麓書院會課小啟　趙宧

蓋聞奩衍朱鬄瑩發於旃泥匣蘊吳鈎光生於巖土物惟藻雪以加精業必編摹而益茂能封俊髦國多濯露之才鵬海騫騰尚藉搏風之力若非日就與月將豈盡雲蒸而霞蔚是用聯其聲臭範我馳驅文以七藝爲程何妨致勵會以初春自聲其取連茹彈鋏無煩也山闕設有虀鹽脫囊是望爾

沐著還餽楮墨先期預佈推磨礪以須卜日再闢幸握瑜而至此訂

詩餘

瀟湘夜雨　浪淘沙

明　王鉞

落日大江横，水濶雲平。誰知雲水總無情，驀地釀成秋夜雨，滴破殘更。　點點打䆫聲，紙帳寒生，芭蕉葉上最淒清。多少愁人眠不得，聽到天明。

煙寺晚鐘

煙鎖梵王宫，隱隱疎鐘。一聲遥送月明中，惱殺啼鵑眠不穩，飛過南叢。　過耳總成空，何事匆匆，少年催作白頭翁。今古相推敲不盡，此恨無窮。

山市晴嵐

山市近山城，微雨初晴。曉來嵐氣撲天青，道是似煙煙又重，似霧還輕。　莫恠不分明，望眼花生，碧紗籠裏有人行。說與王維難着筆，空翠無聲。

漁村夕照

江上白雲閒，流水潺潺。漁翁家住蓼花灘，到老不知城市路，無事相關。　落日半銜山，倦鳥知還，澹紅斜影畫圖間。收拾綸竿沽一酌，眞箇清閒。

洞庭秋月

霜落洞庭秋天濶雲收影搖孤月翠江流何處仙人吹鐵笛黃鶴樓頭　不洗古今愁只管清幽瑠璃盤內水晶球照見君山千萬丈便是瀛洲

遠浦歸帆

遠水接天浮渺渺孤舟去時花雨送君愁今日歸來黃葉落又是新秋　聚散兩悠悠白了人頭片帆花影下中流載得古今多少恨付與沙鷗

平沙落雁

無地著烟霞漠漠平沙數行征雁晚風斜寫破一

天秋意思飛過漁家　切莫近蒹葭莫宿蘆花好來此地樂生涯勝似夜寒邊塞上驚起胡笳

江天暮雪

雲暗楚天遙草木蕭蕭朔風攪就梨花飄畫角聲寒吹不散一片瓊瑤　壓損臘梅梢凍倒漁樵月明無影玉生苗祇恐飛來雙鬢上白了難消

洞庭秋月　水調歌頭　國朝毛際可

薄暮洞庭濶烟景正迷離天邊推起皓魄皎潔映漣漪莫問氣蒸雲夢且喚湘靈鼓瑟還攬素娥衣

樂事宜今夕不醉尚無歸　陰晴景圓缺候總難
期半章風月一歲最好是秋時要詠謫僊佳句剗
却君山一片萬頃盡琉璃斗轉參橫後重照岳陽
西

煙寺晚鍾　模魚兒

望西南遙峰數點林間似有人徑歸煙爭向巖邊
宿散作楚天秋暝微茫景見萬頃堆銀止露浮屠
影霜鍾宵警道分付蒲牢升沉萬事都與夢初醒
誰鑄就還記開元名姓幾經劫火留剩六時梵
唄經行後尚有高僧歸定君且聽一一擊碎虛空已
證聲聞境披衣引領待明月晨光壽鍾覓路須上
最高頂

山市晴嵐　風入松

松邊列肆枒邊橋風物最偏饒煙嵐一帶晴猶濕
是誰懸素練山腰翠閣依稀半掩青帘縹緲斜飄
真珠滴響酒家槽斫鱠要持螯五陵年少幽燕
俠輦金錢選勝招邀畫出太平好景夕陽歸路漁
樵

御蘆喜遂歸計

漁村夕照　掃花遊

湘江淨綠正落葉飄蕭秋空如掃開殘紅蓼汀數椽茅屋沙洲圍繞網曬籬邊漸覺斜陽過了人聲悄見倦鳥尋窠爭棲林杪　魴鯉新釣好却换酒城中提壺歸早江山不老問消磨自古英雄多少世態榮枯都付與滄浪一笑誰同調與隣翁兒孫互抱

江天暮雪　賀新郎

竟日廉纖雨到晚來朔風凄緊簷聲都歇自起推窓銀海眩一望素光瑩徹還笑指青山華髮碎剪皺綃龍女戲想洞庭歸後心怡悅鷗和鷺逐媚潔　江天一色誰能別止灘邊兩三漁火欲明還滅墜倒瀟湘千畝竹墻角梅花爭發却重裘布衾如鐵莫嘆旗亭高酒價恐袁安僵臥寒尤冽豐年兆明春說

道林寺咏蟬　齊天樂　遂安　毛際可

蕭森禪院梧桐落楚天輕颸初起薄翅風前新聲

雨後客歲此時曾記悠揚搖曳勝塞雁鳴蛬堦蛩唫細破壁踈櫺因誰驚醒山僧睡　長沙卑濕易老爲炎蒸方孱代催秋至淸畏人知饑餐墜露金掌玉盤如洗孤高風味問掠鬢輕盈何堪比擬羽化登仙葉邊形蜕矣

晚渡橘洲愛其幽勝漫賦　擭春

晚霽生凉疎風薦爽一抹丹霞如縷嶽麓遊歸華泉嘗遍更甛憩道鄉庭宇一棹泛清湘偏消受輕船柔櫓浮生半日偷閒且自中流容與　試問橘洲佳處是曬網漁村竹籬斜蓑遙想霧均卜居何意曾向此間尋否朝夕好朋儕總邀得鷺浮鷗聚隔斷紅塵止聽戍樓鐘鼓

附樂府

夜雨思　　　　吳傚

夜如何其夜未沉欲寐不寐轉孤衾轉孤衾共誰語推起蓬窻聽夜雨

秋月詞

君不見蒼茫月落洞庭孤又復秋風生蒲湖秋風蒲腸斷絶誰念愁心有如月

晚鐘操

白鶴怨兮野猿哀月令江空兮魚龍徘徊一聲清越兮烟寺晚來

仙釋

三教皆有聖賢二氏之迹雖與儒異而釋曰明心性報四恩玄曰争明忠孝亦未大違於聖人之旨敵吾道但求眞僞彼法但求眞行道則可各爲聖賢亦可互爲聖賢也若其人足存者其書必不火其廬必不廢也茲特搜僧乘仙傳錄其道行卓然著於麓山者以示後之主此寺觀之人使有所矜式不致隳其芳軌云

釋

禪宗

鹿苑景岑禪師長沙人大寂之孫南泉之子開法於潭之鹿苑相傳鹿苑在嶽麓山而山志不載本傳亦曰南後居無定處人仍稱長沙和尚然嶽麓至今有岑堂固當在麓山當時宗風高邁甚爲諸方所仰僧問如何轉得山河國土歸自已去師曰如何轉得自已成山河國土去曰不會師曰湖南城下好養民米賤柴多足四鄰僧無語師乃示偈曰誰問山河轉山河轉向誰圓通無兩畔法性

本無歸其舉揚多此類至道二年示寂爲鹿苑第
一世
道林廣慧寶琳禪師蘄州人法雲秀禪師法嗣少
習經論妙通精義叩圓通禪師發明祖意丞相王
荆公深加器重出世廣德與教次移池陽景德廬
山萬杉潭州道林上堂雲收岳両日出扶桑颯颯
寒風紛紛敗葉瀟湘江內白浪滔天廣慧門庭地
平如掌若也知有底衲僧穩坐太平其或未然不
免撈天摸地所至諸請亦雲居道林聲聞益盛而

師益韜抑起人敬崇
嶽麓慕喆禪師翠岩真禪師法嗣律身精嚴放參
罷輙自作務使令者在側如路人室中問學者毎
舉趙州洗鉢盂話自其分座接納至終未嘗換機
無疾說偈別衆趨寂闍維舍利斗許大如豆目睛
齒爪不壞分塔於京潭
清素首座慈明圓禪師法嗣執侍十三年堪忍一
偉既得法寓居鹿苑屏跡不輕對人後悅禪師荀
稍近之久乃知師嗣法慈明悅愕然遂袖香詣師

作禮師起避之曰吾以福薄先師授記不許爲人悅翁恭師乃曰憐子之誠達先師之記予平生所得試語我悅具道所見師曰可以入佛而不可以入魔悅曰何謂也師曰豈不見古人道末後一句始到牢關如是累月師乃印可仍戒之曰洞山文示予者皆正知正見特予離文太早不能盡其妙吾今爲子點破使子受用得大自在他日切勿嗣吾也其刻自潛晦如此

嶽麓海禪師開先宗禪師法嗣吉州泰和人幻靜專事普覺道人楚金爲弟子年二十一剃髮受具辭金遊方依玉澗東林未久晚抵仰山陸沉於衆佛印元公獨異之師方銳於學喜翰墨元呵曰語言筆畫於道何益師於是棄去經行湘南諸山依止大潙十年受眞如印可首衆於衡陽之花藥山分座說法遷居於湘西之嶽麓會麓火一夕而燼道俗驚嗟師笑曰夢幻成壞盡皆戲劇歟吾恃願力宮室未終廢也未幾復成大蘭若盤崖萬楚層閣飛檻皆談笑而集一日忽命門弟子叙出世本

末說偈爲別旋示寂闍維收骨石塔於卤蟾舜塔之陰 本覺範塔銘

道林圓悟克勤禪師嗣五祖演和尚道風爲奕開法之盛莫如住道林有廓清光復之功上堂僧問如何是道林境師曰寺門高闢洞庭野殿脚插入赤沙湖曰如何是境中人師曰僧寶人人滄海珠曰此是村工部底作麽生是和尚底師曰且莫亂道其直截爲人類如此

道林雪巖祖欽禪師嗣無準範禪師胷襟灑落梵行眞純與圓悟勤先後著功道林嶽猷不朽上堂吹毛劍嚙鏃機用後符頂門眼潭州城裏起五千間寮屋道林寺裏借一百各夫你輩後生𣈆進茄子瓠子喫見成飯知甚麽碗至今叢席誦之

洪覺範禪師瑞州彭氏子少孤依三峰靘禪師爲童子日記數千言十九試經得度從宣秘度講成實唯識論逾四年棄謁眞淨于歸宗淨遷石門師隨至淨患其聲聞之弊每舉玄沙未徹之語發其疑凡有所對淨曰你又說道理耶一日頓脫所疑

迹僧日靈雲一見不再見紅白枝二不著花時謝釣魚船上客却來平地攎魚鰕淨見爲助喜師後居瑞州清涼次遷石門及湘西南臺諸處與臨川朱世英陳瑩中徐師川張無盡友善極道義唱酧之樂所著林間錄石門文字禪等書古今學者奉爲宗門鷟藻其撰述僧寶傳自嘉祐至政和取雲門臨濟兩家之裔蘄然特出者八十一人各爲傳贊分三十卷其書成於湘西南臺寺在長沙題咏氪多云建炎二年五月示寂于同安

高僧

法華尊者初住嶽麓清風峽建石塔於上道行卓然後飛錫湘春門外爲衆説法建鐵佛寺仍還麓山示寂

齊巳寧鄉胡氏子南唐時出家大溈山性耽吟咏而頂有瘿時號爲詩囊樂山水不干謁寓居嶽麓與鄭谷沈彬友著霏雪集白蓮集以才名

傳

鄧郁之字彥達卽鄧郁子也昔與徐靈期爲友同遊靈山南宋元嘉中徐君冲舉於上清宮郁之徘徊仙山處久梁帝聞其修道而闕丹石之備詔賜物力許於嶽麓山置上中下三觀爲修煉處有神人告語曰洞門之中是招福延生之地善記勿忘丹成後同紫蓋峰梁天監十一年壬辰十二月三十日有八眞人乘雲車羽蓋拜郁之就自然石壇同升霄漢

跛仙大平興國中有跛仙遇洞眞於君山後隱抱黃洞行靈龜吐納之法功成居嶽麓自號瀟湘子嘗言我愛瀟湘境紅塵隔岸除南山七十二惟喜洞眞墟元祐間嘗有隺棲鳴於杉松上三日而去

蔡足道士金守分不知何許人明隆慶間隱雲麓峯數歲絕跡不出山獨証虛靜張陽和恕元偶訪之與語頗漸道士曰心心如赤子念念合金丹幾說頗漸便落二義陽和萊然服其玄論自是道士名始著其後創建雲麓宮諸祠宇工成而壽巳高

忽飄然去行履特異云

雜記

志中山水之概事蹟之勝蒐討詳矣然亦有辨疑徵異曠舉奇人不可以類附者採而輯之綴于編末亦足以廣佚聞而永佳話比於拾遺之例云

嶽麓舊謂初名靈麓稱嶽麓自宋始攷唐杜甫有嶽麓道林二寺詩又杜荀隺詩云猿到夜深啼嶽麓鴈知春信到衡陽而僧齊巳亦有寓居嶽麓詩原不自宋可知也　陶密菴先生云當是靈麓山嶽麓寺

唐長沙文士王璘詞學富贍應日試萬言科請十書吏皆給筆札口授羣吏手不停札題黃河賦三千字復爲鳥散餘花落詩二十首未停午已就七千言以忤當路罷科杖策歸放曠杯酒與李羣玉相遇嶽麓玉待之甚淺因聯句玉破題授之璘不停思玉乃厭服

宋眞西山帥長沙宴十二邑宰於湘江亭作詩曰從來官吏與斯民本是同胞一體親既以脂

膏供爾祿須知痛癢切吾身此邦最號唐朝古我輩當如漢吏循今日湘亭一杯酒便須散作十分春古人於遊宴猶寓意民瘼如此

宋人冷齋夜話中有一則云崇寧元年元日粥罷昏睡夢中忽作一詩既覺輒能記之曰無賴東風試怒號共來一葉傲驚濤不知兩岸人皆愕但覺中流笑語高三月七日偶與陳瑩中濟湘江是日大風當斷渡而瑩中必欲宿道林小舟掀舞浪中兩岸聚觀膽落而瑩中笑聲愈高余因紬繹夢中詩以語瑩中瑩中云此段公案大奇也

明長沙庠士王昌祚才性蕭邁喜清譚爲小詩文令人解頤有稽阮之癖年四十尚未舉子以家難罷諸生或勸布施求嗣不荅時嶽麓書院圮甚兵且起生乃盡捐其產千金重建之有司不知也崇禎壬午督學高公世泰聞而賛其成欲特旌之謝不受工甫竣而亂借其記石亦不成